20787

ODE
DEDIEE A LA

Memoire de feu monseigneur
le Duc de Bouillon, Prince sou-
uerain de Sedan & Raucourt,
Vicomte de Turenne, Premier
mareschal de France, &c.

Iouxte la copie Imprimée.

A SEDAN.
Chez A B D I A S B V Y Z A R D, deuant
la Maison de Ville.

M.   DC.   XXIII.

A MONSEIGNEVR LE DVC DE
Bouillon, Prince ſouuerain de Sedan &
Raucourt, Vicomte de Turenne, &c,

ONSEIGNEVR,

La grandeur du ſuiet que i'entreprens qui paſſe infiniment mon eſprit, & ma profeſſion qui m'eſloigne de ceſt ſorte d'eſtude, eſtoient des conſiderations ſuffiſantes pour me retenir en ſilence. Mais pour ce que ie ne ſçaurois faillir en vous obeïſſant, ie vien par voſtre commandement verſer ces Vers ſur le tombeau de feu Monſeigneur voſtre Pere de glorieuſe memoire. D'autres l'ont pleuré ſi doctement que ce ſeroit leur faire tort que de reprendre ce ſtile apres eux. Mais pource que les pleurs ſans louange ne ſont que pour ceux qu'on pleure ſans ſuiet, ie m'en hardirai de meſler celles-cy parmi leurs larmes, combien qu'il ſoit beaucoup plus difficile de repreſenter ſa grandeur que de repreſenter nos maux, qui ſemblent deſia ſe diminuer par voſtre preſence. En ceſte entrepriſe comme ie n'eſpere point de gloire, auſſi ne crains-ie point de blaſme : car s'il ſe rencontre en cet eſcrit quelque choſe qui agrée au lecteur, cela ſe deura attribuer à l'excelence de la matiere qui eſt fertile en conceptions: Et enuers ceux qui reprendront ou le deſſein ou l'ouurage, voſtre commandement me ſeruira d'excuſe, & les plus rudes cenſeurs, s'ils improuuent mon trauail, approuueront mon obeïſſance. Si elle vous eſt agreable i'aurai atteint le but de mon ambition, & me ſentirai obligé de plus en plus à prier Dieu pour voſtre grandeur & proſperité & de voſtre tres-illuſtre maiſon, comme eſtant,

MONSEIGNEVR,

De V. E.

Tres-humble & tres-obeïſſant ſeruiteur,
DV MOVLIN.

ODE

Dediée à la memoire de Monseigneur le Duc de Boüillon.

Vses chantés à pleine gorge,
C'eſt aſſés de pleurs & de cry,
Que ſur la tombe de HENRY
Voſtre belle onde ſe deſgorge:
Que ſans bruit ſe roulent vos
De peur d'interrompre ſon los: [flots
Que le vent coyement s'entonne:
Que le monde m'oyant chanter,
En faueur du Nom que ie ſonne,
Se taiſe afin de m'eſcouter.

¶ Deſſus la cime de Parnaſſe
Ie luy proiette vn monument,
Aſſeuré que l'acheuement
Me fera benir mon audace.
    Non que ie ſois aſſés parfait
Pour dire auſſi-bien qu'il a fait,
Car pour ſeconder ſes trophées
Que le temps ne ſauroit vſer,
Il faut des plumes eſtoffées
Qui ſachent s'immortaliſer.

A ij

¶ Les vers dans la poudre & la fange
Naiſſans languiſſent demi-morts,
De ceux qui n'ont les poulmonts forts
Pour bien pouſſer vne loüange:
    D'vne fluſte ils peuuent siffler,
Mais non-pas faire bien ronfler
La trompe de la renommee,
Pour moy ſi ie ne ſuis heureux
Aſſés pour la rendre animee,
Ie ſuis bien aſſés genereux.

¶ Gros de fureur & de courage,
Marchant ſur les pas du Renom,
Ie veux accompagner ſon Nom
Par de-là les bornes de l'aage:
    Deſia ie me ſens inſpiré,
Deſia d'vn pennage doré
Ie voy s'emplumer mes aiſſelles:
Ie prens vn vol ambitieux,
Et vay du branle de mes ailes
Le ſuiure iuſques dans les Cieux.

¶ Prince n'atten pas que ie plaigne
Le mal qui te point viuement,
On ne doit pas groſſierement
Toucher à la playe qui ſeigne:
    Pour pleurer ton pere d'vn pleur
Qui fuſt egal à ſa valeur,
Il faudroit s'eſcouler en onde,
De ſoupirs ſe rompre le flang,
Groſſir les mers, noyer le monde,
Et pleurer des larmes de ſang.

¶ Sa grandeur ne se peut depeindre
Auec vn courage abbatu,
Il faut pour dire sa vertu
L'imiter plustost que nous plaindre:
　Car puis qu'on a veu ce grand cœur
Des maux se monstrer le vainqueur,
La douleur ne peut sans outrage
De nos yeux des fleuues tirer,
Pour celuy qui par son courage
Perdit l'vsage de pleurer,

¶ Autrefois la tombe des braues
Dont la valeur & les combas
Auoient mis force testes bas,
S'arrousoit du sang des esclaues.
　Il faut du tombeau des guerriers
Faire vn parterre de lauriers,
Dresser dessus des piles d'armes,
Chanter leurs victoires aupres
En lieu de faire que nos larmes
Changent leur palmes en cypres.

¶ Sus qu'on erige vn Mausolee,
Dont les piliers elaborés
En des characteres dorés
Portent son histoire estallee:
　Vn arc de triomphe vouté,
Qui face admirer la beauté
De la matiere & des ouurages:
Où Mars la Constance & le Temps,
Pour tenir bon contre les aages,
A l'entour seruent d'arcs-boutans.

¶ Là que Henry dedans l'iuoire
Reuiue en bosse releué,
Assis sur vn throsne esleué
Au haut des degrés de la glo e;

Voyant rendre l'ame à ses pieds
Ses ennemis estropiés,
Et les Espagnoles cohortes,
En qui l'art doctement trompeur,
Semble dessus les faces mortes
Faire viure encore la peur.

¶ Là que l'Enuie & la Malice
Pleurent de sa felicité,
Tandis qu'il foule depité
Sous soy l'Infortune & le Vice;

Qui semblent gemir abbatus
Sous les images des vertus
Et qu'autour se voye entaillee
Sa race parente des Roys,
D'argent & d'azure esmaillee
Dessus le marbre des paroys.

¶ Mais quoy ceste valeur extreme
Par art ne se peut esleuer,
Et iamais ne sçaura trouuer
Vn peintre pareil à soy-mesme.

Sa vertu dont la rareté
A gagné sur l'Eternité
De boire de son ambroisie,
S'est peinte au Temple de Themis,
Et mesme en lettre cramoisie
Sus le dos de ses ennemis.

❡ Sa valeur fous les monts de pierre
S'eſt peinte d'vn pinceau de fer,
Monſtrant qu'il ſçauoit triompher
Et deſſus & deſſous la terre:

Nos remparts ſont hault releués,
Nos foſſés larges & caués,
Qu'on ne peut admirer ſans crainte;
Et ſi l'on oſe en approcher,
On y voit ſa grandeur empreinte
Dans les entrailles du rocher.

❡ Les coſtaux voiſins de la nue
Demembrés de leurs oſſemens
Laiſſent voir à leurs fondemens
La clarté du Ciel inconnuë.

Et les rochers deſracinés
Faiſoient croire aux plus obſtinés,
Que pour enleuer tant d'obſtacles
On euſt reſſuſcité les ſainᵭs.
Qui preſtoient la foy des miracles
Pour fauoriſer nos deſſeins.

❡ La terre a murmuré des plaintes
Du fond de ſes antres cachés,
Sentant ſes piliers eſlochés
Par de ſi profondes atteintes:

Nous auons tranſporté les monts,
Foüillé pres des creux des demons,
Et fait que leur troupe timide
Entendant les coups de ſes fers,
Trembloit de peur que cet Alcide
Ne vouluſt forcer les enfers.

¶ Ces pointes qui no° faiſoiét ombre
Sont nos remparts & nos dehors;
Les monts qui menaçoient nos forts
Maintenant en croiſſent le nombre.
  Brefil a ſi bien augmenté
Et la force & la dignité
Qui rend ſa place glorieuſe,
Qu'on ne parle que de Sedan,
Qui fait deſormais que la Meuſe
A plus de nom que l'Eridan.
  ¶ Sedan que ny la violence
Ni la fineſſe n'ont ſurpris
Tes preneurs ſont demeurés pris
Pour preuue de ta vigilance:
  Ces courageux qui ont porté
Leur eſchelle à noſtre Cité,
Souffrans l'ordinaire accolade
De ceux dont l'entrepriſe faut,
En ſuite de leur eſcalade
Ont eſcaladé l'eſchaffaut.
  ¶ La force a bridé la malice,
Et le droit que nous ſouſtenons
Aidé de la voix des canons
A tenu teſte à l'injuſtice:
  Car auſſi pour ſe maintenir
Souuent il eſt beſoin d'vnir
Et la iuſtice & la vaillance,
Et pour donner le poids au loix
Ioindre l'eſpee à la balance,
Ainſi qu'à Rome les Gaulois.

¶ Dés

Dés le iour que nos deſtinées
Le firent Prince de Sedan,
Nos voiſins ſceurent à leur dam,
Que ſes nuicts eſtoient des iournées:
  A la veille de ſes plaiſirs
Aſtenay ſçeut que ſes deſirs
N'auoient point rebouché ſes armes,
Et que l'amoureuſe chaleur,
Malgré la force de ſes charmes,
Cedoit au feu de ſa valeur.

  ¶ La conqueſte de ceſte ville,
Dont vne nuict fit la raiſon,
Faiſoit dire à leur garniſon
Qu'à l'amour rien n'eſt difficile;
  Que les grands eſprits amoureux
En deuiennent plus genereux;
Que la nuit leur courage veille,
Quand l'amoureuſe paſſion
Leur mettant la puce à l'oreille
Reueille leur ambition.

  ¶ Memoire amene tes pucelles
Du ſommet de leur double mont,
Car la victoire de Beaumont
Requiert des langues immortelles:
  Mais ce iour eſt ſi glorieux,
Que les vers plus labourieux
Où l'art ſoit ioint à la nature,
N'auront iamais l'authorité
De faire à la race future
Croire toute la verité.

B

¶ Son courage armé de prudence
Chargeoit les bataillons percés
Des Lorrains demi-terraſſés
Du ſeul effroy de ſa preſence,
   Qui d'vn coup donnoit à l'abort
La peur, la bleſſure & la mort:
Ses clairons aux plaintes mourantes
Faiſoient des tragiques accors,
Les bouillons des ondes ſanglantes
Sourdoient des montagnes de corps.

¶ Son bras rougiſſoit la verdure
Trempé de ſang & de ſueur,
Son harnoy perdit ſa lueur
Terni d'vne belle ſoüillure;
   Ses yeux redoutables & clairs
N'eſtincelloient que des eſclairs,
Eſclairs qui menaçans la terre,
Et brillans de rays enflammés.
Sembloient preſager le tonnerre
Lancé des canons allumés,

¶ Souuent depuis auecque larmes
Le laboureur s'eſt arreſté,
Lors que le ſoc auoit heurté
Les os blanchiſſans des gendarmes:
   Et les habitans du pays
Sont-ils pas encore eſbahys,
Que le ſein de leur nourriſſiere
Donne de plus riches moiſſons,
Depuis qu'il fut le cimetiere
Des corps morts de ſes nourriſſons?

❡ Il auoit fait vn mariage
De la force & du iugement,
Et poſſedoit également
Et la prudence & le courage:
  Toutefois on a diſputé
Lequel tenoit la primauté
Quant il eut part à la victoire
Des combats d'Arques & Coutras,
Qui ſembloient partager la gloire
De ſa conduite & de ſon bras.
  ❡ Ce Duc ſalutaire à la France,
Qui n'en cognoiſt plus de pareils,
Luy donnoit de ſages conſeils
Auec vne braue eloquence:
  Son eſprit né pour commander
D'vn mot ſçauoit perſuader,
Car ſes longues experiences
Dés long-temps luy auoient appris
A cognoiſtre par quelles anſes
On doit manier les eſprits.
  ❡ Ceſte prudence inimitable
A tenir dans les paſſions
Les reſnes des affections,
Monſtroit que ce Prince admirable
  Qui d'vn œil plein de grauité
Animoit la brutalité,
Et pouſſoit les laſches aux guerres;
Auoit à ſa deuotion
Pour tirer les hommes des pierres
La vertu de Deucalion,

§ Son l'aurier mesprisoit le foudre,
Son grand cœur brauoit le danger,
Et regardoit sans se bouger
Ses aduersaires se dissoudre:
  Ses ennemis plus forcenez
Se sont d'eux-mesmes ruinez,
Leur crainte luy faisoit hommage,
Et parmi leurs seditions
Sedan qui dissipoit l'orage
Ressembloit vn nid d'Alcyons.

  § Ainsi se maintient vne roche
Superbe au milieu de la mer,
L'esclair ne la peut entamer,
Les nochers en craignent l'approcher
  Les flots de l'Aquilon poussez
L'vn contre l'autre entrecassez.
Autour luy font la reuerence,
Et ses sourcils haut esleuez
Contre qui le foudre s'eslance
Sont en vain d'orages lauez.

  § Les coups que le tonnerre gronde
Frappoient autour sans l'esmouuoir;
Sa presence auoit le pouuoir
Pareil au moite Roy de l'onde,
  Qui ferme en son throne azuré,
D'vn port grauement moderé
Donne le calme & diminuë
L'orgueil des flots audacieux,
D'vn regard escarte la nuë,
Bride les vents seditieux.

¶ Mais ce Prince apres les tempeſtes
Loin de l'orage & du tãbut,
Surgit au ſalutaire but
Pour le comble de ſes conqueſtes.
  La couronne apres les combats
L'attendoit ailleurs qu'icy bas;
C'eſt pourquoy d'vne foy certaine
Et par actes deuotieux,
Son ame ſainctement hautaine
Forçoit le Royaume des Cieux.

¶ Ainſi ſon ame ſouſtenue
Deſſus les ailes de la foy,
Laiſſant la terre deſſous ſoy
Dans les eſtoiles s'inſinue:
  Piqué d'vn genereux deſdain
Il ſort de ce logis mondain
Vers Ieſus, de qui la victoire
Rend ſon eſprit victorieux,
Et fait qu'en admirant ſa gloire
Luy-meſme en deuient glorieux.

¶ Là ſon ame ſe voit vnie
A la preſence de ſon Dieu:
Là ſes deſirs n'ont point de lieu
Puis que la gloire eſt infinie:
  Car en cet aiſe des eleus
Qui ne peut receuoir de plus,
L'Eſpoir & la Foy s'accompliſſent
Quand l'ame void la Deité,
Et comme fleuues s'engloutiſſent
Dans la mer de felicité.

¶ Son heur feroit noftre mifere,
N'eftoit que nous apperceuons
Que dans fon fils que nous auons
Reuit l'image de fon Pere.

Prince par qui nos maux paffez
Sont auiourd'huy recompenfez,
C'eft ta ieune vertu qui noye
Le fouuenir de nos douleurs,
Et qui fait que la feule ioye
Nous arrache encore des pleurs.

¶ Ie fçay bien qu'vn tas de poëtes
Affectans vn ftile friant,
Te promettroient tout l'Orient
Pour contrefaire les Prophetes:

Et qu'vn autre te prediroit,
Qu'vn iour ta vaillance feroit,
Que les vefues de Natolie
Viendroient les vifages marris,
Sous leur muraille demolie,
Cercher les corps de leurs maris.

¶ Pour moy i'approuue la maniere
D'amufer de predictions,
Ceux de qui les perfections
Ne fourniffent point de matiere:

Mais puifque les rays gracieux
De ta vertu fille des Cieux
Rendent nos ombres accourcies,
Ce feroit la defauoüer
Que de forger des propheties
Pour auoir dequoy te loüer.

¶ Les fruits de ta faison nouuelle
Qui vont plus vifte que les ans,
Sont des Prophetes fuffifans
De ceux que ton aage recelle:
    Car les boutons de ton Printemps
Qui meuriffent auant le temps,
N'eurent iamais en la nature
Vn Printemps pareil en valeur,
Qui dans vne belle verdure
Mariaft le fruit à la fleur.

¶ N'efprouues-tu pas que la Parque
File tes iours d'vn filet d'or,
Et t'aide à pourfuiure l'effor
Du vol que ton Pere te marque?
    Qui promet des accroiffemens,
Par de fi beaux commencemens,
Qu'on diroit voyant ta Iuftice,
Que ton premier aage auroit eu,
En lieu du fein de ta nourrice,
Les mammelles de la Vertu.

¶ Quelque iour ta fage vaillance
Me fournira tant de fuiet,
Et l'excellence de l'obiet
Efmouura fi bien ma puiffance,
    Que les Cieux mefme refpondront
A mes Odes, qui forceront
Le Renom de trouuer eftrange
D'auoir, pour redire à la fois,
Apres mon lut, tant de loüange,
Trop peu de clairons & de voix.

¶ Prince, le marbre & le pyrope
Dont on admire la beauté,
N'egale point la dignité
Des monumens de Calliope :
   Ses labeurs mieux que des autels
Rendent les hommes immortels:
Et ses loüanges bien sonnées
Les tiennent munis & couuerts
Contre l'iniure des années
Par le benefice des vers.
   ¶ L'acier & la pierre se brisent,
Les tombeaux mesmes ont leur mort,
Mais les bons vers, malgré le sort,
Font que les morts s'immortalisent.
   Ton nom seroit enseuely
Dans le deluge de l'oubly,
Eusse-tu conquis vn Royaume,
Si tu dedaignois de cherir
Les Muses, dont l'ancre est le baume
Qui garde les noms de pourrir.
   ¶ Mais ie voy Brazi qui arrose
Ce Tombeau de ses doctes pleurs,
Et fait dessus naistre les fleurs,
Y versant vn fleuue d'eau rose:
Desormais mon stile apprentif
Luy preste vn silence attentif:
Que si tout homme qui larmo
Gemissoit aussi doucement,
Le monde n'auroit plus de io
Qu'à pleurer eternellement.

F I N·

www.ingramcontent.com/pod-product-compliance
Lightning Source LLC
Chambersburg PA
CBHW061433170626
46811CB00005B/2251

* 9 7 8 2 0 1 1 3 1 9 8 8 3 *